POETIZANDO

Do amor ao sexo

Franciele Minotto

POETIZANDO

Do amor ao sexo

BOOKESS EDITORA

Minotto, Franciele
    Poetizando do amor ao sexo / Franciele Minotto
—Florianópolis: Bookess Editora, 2011.

    Biografia.
    ISBN 978-85-8045-073-6

    1.   Poesia
    2.   Amor
    3.   Poesia erótica

Agradecimentos

Agradeço aos homens da minha vida por permitirem que meus sentimentos brotassem e se exteriorizassem, por vezes não das melhores maneiras; assim como proporcionarem noites (ou dias) de sexo permitindo lembranças e momentos pelos quais posso me gabar.

Agradeço pelos sofrimentos, que me ensinaram a pensar no relacionamento e no amor de modo mais racional e prático.

Enfim, agradeço ao meu pai que por sua ausência me ensinou desde cedo a olhar os homens como realmente são: cheios de falhas, mas com muitas qualidades; assim como todos os seres humanos.

À Deus e minha mãe, pela vida.

SUMÁRIO

DO AMOR: Pela vida e pela família

DO AMOR

Pela vida e pela família

Viver a vida

Sei onde comecei,
Não onde terminarei.
Se a vida é uma batalha,
Sigo essa empreitada.
Não terminei a caminhada.
Trincheiras vou enfrentar
E novos dias vou encerrar.
Muitas terras a explorar.
Meu coração é andarilho;
Minha alma aventureira.
A felicidade na vida é a razão?
Tenho a vida como companheira;
A Ela dedico minha paixão.

Lembranças ruins aos poucos se dissipam.
Belas coisas veem à tona.
Amizade construída.
Mal entendidos solucionados.
Horizonte estendido!
Estudos concluídos.
Vida,
Apenas começando...
Tantos planos, sonhos
Alcançados!
E o campo de visão,
Ampliado.
As personagens se encaixaram
A peça se revela.
Mais uma história se encerra.
Foste o cenário dessa novela!

Formiguinha

Vagando sozinha sinto a brisa no rosto.
Ao longe, vejo a sombra dos que se foram.
A vida se mostra entre os espinhos.
As marcas são apenas lembranças,
Que não podem ser esquecidas.

Vagando sozinha encontro amigos,
Amores;
Admiradores.

Vagando sozinha percebo que a saudade é para os tolos,
A liberdade, para os vivos e;
O tempo não pára.

Vagando sozinha percebo que a vida está em mim,
E tudo em volta caminha sem mim.
Não sou indispensável,
Nem mesmo insubstituível.

Sou apenas mais uma que,
Vagando sozinha deixa seu rastro
Formiguinha.

Opções

A vida passa pela vitrine,
Tudo tão diferente
Ou eu igual?
Nos rostos, nada familiar.
Nos assuntos, nenhuma reciprocidade.
Cada um no seu umbigo!
E eu, observo; analiso.
Tantas mudanças;
E o vazio continua.
É dinheiro que me falta?
Poder?
Status?
Conhecimento!?
Nada supri sua falta,
Ou tira você do meu pensamento.
Será que tenho tanto a viver?
E você?
Quando se convencerá?
Sua melhor opção
É você!

O Vôo da Fênix

Partindo novamente,
Novos horizontes me esperam.
Cansei do provisório;
De castelos ilusórios.
Vou à terra firme.
Entes queridos ao alcance.
Entendi a diferença de ser e estar,
Decidi não ficar.
Sinto falta do meu sangue.
Gaivota solitária sobrevoou o passado,
Encontrando seu futuro.
Novas esperanças lhe sorriram!
Como fênix, renasce das cinzas;
Nova, de novo!
Das velhas experiências, a Lição!
As tarefas estão em dia, as correntes; soltas.
O que me resta é voar.

Desejos

Não desejo extremos de felicidade;
Basta tranquilidade.
Não desejo romances cálidos;
Amores serenos são válidos.
Não desejo voos rasantes, em aviões possantes;
Viagens divertidas, esporádicas, são desestrasantes.
Não preciso luxo e poder;
Basta viver.
Roupas, as que cubram o corpo com charme;
Alta costura não me cabe!
Carros, com 4 rodas, confortáveis; sem muito alarde.
Casa, aconchegante, não precisa ser elitizante.
Quero sorrir sem medo.
Falar com bom senso.
Caminhar livre, como o vento.
Enfim;
Quero viver tranquila o pouco tempo que resta.
Preocupação e comparação não me interessa.

Refugiada

Fujo sim,
De tudo e de todos;
Que nada me fazem.
Fujo de mim.
De minha revolta;
De minha ganância;
De minha impotência.
Refugio-me em lembranças esparsas;
Em sonhos utópicos;
Em protetoras paranóias;
Em planos miraculosos,
Com resultados astronômicos.
Fugindo me acho.
Quantos pedaços me faltam?
Há muito a caminhar,
Pensar, analisar, calcular, afinar.
Quem definiu como a vida deve ser?
A vida é assim?
Sozinha parece impossível,
Mas quem está acompanhado?
No silêncio a única voz que ouço é a minha.
Não há acompanhantes.
Sigo sozinha desde que ela apareceu.
Sou apenas eu?!

Não sei

Que sonho me é permitido?
Relacionei-me maritalmente,
Procriei,
Profissionalizei,
Adquiri independência financeira,
Talvez emocional.
Formada e pós-graduada.
Ainda tenho direito a querer?
Sonhar com o quê?
Fama e riqueza?
Marido e filhos?
Doutorado ou MBA?
Perdida no livre arbítrio.
Parar ou correr?
Fumar ou beber?
É feio dizer?
Não sei mais o que querer.
Tenho trinta anos ou mais,
Como quero viver?
Simplesmente não sei.
Devo deixar acontecer?
Ou quero escolher?
Em qual fila quero entrar?
Preciso de uma ilusão para acreditar.

A quê vim

Sinto-me agitada,
Será o excesso de cafeína?
Ou a falta de endorfina?
Cadê a adrenalina?
Sinto-me vazia.
Agitada, alvoroçada.
Será que sou cobiçada?
Meu corpo esta quente,
A chuva não tarda.

Estou perdida.
Não sei se vou ou se fico.
Se ando ou paro.
Se volto ou continuo.
Perdi a bússola do destino.
Qual era meu caminho?
Onde ficaram os objetivos?
Afinal, a quê vim?
Por que estou aqui?
Com todo mundo é assim?

Balanço

Se o amor traz à tona a loucura que existe em mim
A pergunta que não quer calar:
Será que vou me apaixonar?
Essa loucura manifestar?

Se amar é obcecar-se
Ainda posso gostar?
Meus neuro-hormônios poderão ainda me excitar?
De onde vêm todos aqueles sentimentos?
Esgotaram-se meus estoques
Ou só fechei para balanço?

Tantos pretendentes:
Altos, baixos;
Fortes, fracos;
Bonitos, feios;
Charmosos, insossos;
Brancos, negros.
Onde está minha emoção?
Por que abafei meu coração?
Medo da loucura?
Ou da obsessão?
Será que é a razão?
Falta o príncipe no alazão?
Ou a princesa no portão?
O que há de errado com minha emoção?
A mágoa me dominou
Ou é só proteção?

A fortaleza é sensível;
Mas alheia à ilusão.
Ainda sentirei paixão?

Direitos

Reservo-me o direito
De não mais amar
De não mais rir para não chorar
De não mais lágrimas derramar

Reservo-me o direito
De não sentir
De não olhar
De não cumprimentar

Reservo-me o direito
De simplesmente desistir
De não mais omitir
De não mais querer
De não mais sofrer

Reservo-me o direito
De ser eu
Custe o que custar
De esperar a dor passar

Reservo-me o direito
De sonhar
De iludir
De fantasiar
E mudar de idéia
Se assim decidir

Reservo-me o direito
De celebrar
De dançar
De sorrir
De zombar

Apenas para me alegrar

Reservo-me o direito
De ir e vir
De prosseguir
Nesse eterno
Existir

A vida e o tempo

Desembrulhando os pacotes.
Vida nova começando,
Velhos medos ultrapassados,
Novos problemas a chegar.
A vida continua,
O tempo não pára.

Possibilidades continuam,
Novos sonhos a sonhar.
Porque;
O tempo não pára,
A vida continua.

Não ando sozinha,
Há muita companhia.
A tristeza ficou lá trás;
No caminho.
A vida continua,
O tempo não pára.

Desta vez vou ficar
E mais planos concretizar,
Porque
O tempo não pára,
A vida continua.
Ainda tenho a vagar?
Aqui é meu lugar?

Minha Criança

Te imagino chegando;
Minha criança,
Minha esperança!
Em você vejo a possibilidade;
A nova oportunidade.
Não errarei novamente.
Não com você.
Meu fruto;
Minha prole;
Vida renovada;
Genética melhorada.
O que tenho de melhor,
De belo, meigo e inocente.
Reconheço!
Preciso de você mais que precisas de mim.
Nunca farei por ti o que fazes por mim.
Sem sua presença não há gosto;
Nem cor!
Quando parte me leva.
Quando volta, me acorda;
Do pesadelo que é viver sem você!

Com você

Como fui injusta com você
Com você, que tem o dom da palavra
E cativou meu coração
Com você, o idealizado, o sonhado;
O culpado.
Como fui injusta com você,
Com você meu herói alado
Alma gêmea
Separada pela geração.
Agora entendo minha sensação de abandono.

Como fui injusta com você
Com você, tão distante e semelhante.
E as respostas; todas comigo.

Ainda não sei expressar meu amor
Talvez com medo de perdê-lo mais uma vez.
Algumas peças se encaixaram
A couraça já não é tão dura
Posso sonhar com a felicidade
Agora sei que não estou sozinha
Perdoe-me por ter sido injusta;
Com você

Trinta e dois

Olho para dentro,
Tento me enxergar 20 anos atrás.
A visão está borrada,
Sou eu esta menina?
Petulante, exibida, tímida e distante.
Os livros já me acompanham,
Rebelde de todas as causas,
Simpatizante dos fracos e oprimidos;
Já esboçava meu semblante.
Venho adiante, a visibilidade já é melhor,
10 anos? Ou seriam 3650 dias?
Tantos amores, algumas dores,
Planos, esperanças, decisões.
Já era eu?
Talvez uma sózia, muito semelhante.
Quando me tornei assim?
Eu propriamente dita.

Observo os fatos e percebo as conseqüências.
Afinal, algo foi por acaso?
Perdi a infância, ganhei a faculdade;
Perdi a adolescência, ganhei a maternidade;
Perdi muitas viagens, ganhei maturidade.
Perdi ou ganhei?
Ainda não acabei.

Trinta e dois se foram;
Um terço da minha passagem?
Tanto pra sentir, sorrir, viver
Impossível entristecer
Mais um ano se renova,
E é nova a sensação,
Um pouco menina, ainda moleca;

Mulher sensual,
Até carnal.
Essa sou eu nesse momento,
Nesse instante.
Meu eu existencial.

Ignorância

Faço-me de mim,
Sem querer desfaço de ti.
Sei o quanto valho,
O que mereço.
O que padeço.

Não é arrogância,
Tenho tudo em abundância.
Conheço bem a mercadoria,
Sei que não é mixaria.

Apesar de tudo,
Ainda sinto ignorância.
Quanto mais estudo,
Mais preciso aprender:

Sobre a vida e a morte;
A saúde e a doença;
O amor e a paixão;
O sexo e o coração.
Tantos remédios a assimilar, teorias para decorar,
Estatísticas não vão faltar.
Uma única vida não vai bastar.

Tranqüilidade

Quem acostuma com a tranqüilidade,
Com uma vida sem novidade,
Sem novas oportunidades?
Será que sou diferente,
Simplesmente exigente?
Sou muito controlada,
Demasiado atordoada?
Qual o plano na tranqüilidade?
Viver na banalidade?
A vida em suspensão,
Sinto falta de emoção.
Dinheiro não preenche meu coração.

Por mim

Definitivamente
Não é fácil ser eu,
Tantas lutas a travar
Tantas coisas a provar
E conquistas a mostrar;
Para mim mesma.
Amores mal amados
Casos inacabados
Corações partidos
Lágrimas derramadas,
Por mim mesma.

Não,
Não é fácil ser eu.
Acordar, levantar, caminhar, sonhar,
Concretizar;
Tudo,
Por mim mesma.

Quem vai aplaudir?
Quantos se beneficiarão?
A quem quero agradar?
Senão a mim mesma.

O que a lápide vai dizer?
"Aqui jás uma mulher que fez tudo, por si mesma".

Dúvidas

O que a vida me reserva?
Nada está acabado,
Terminado?
Há algo em suspensão?
Resta só respiração?
Agitação?
Muitas perguntas,
Poucas respostas
Não tenho pressa, nem calma
Está chegando a maturidade?
Ou é lampejo de ingenuidade?
Não quero isso, nem aquilo
Nem melhor, nem pior
O que está guardado?
Onde é o esconderijo?
É apenas isso?
Tenho planos, qual a ação?
Para onde foi minha razão?
Quero gritar, pular
Chorar, sorrir
Ou só ficar e dormir?
Para tudo tem explicação?
Então me explique:
A paixão, a emoção
A solidão
Será que tudo merece solução?
Seria melhor mudar a direção?
Existe produção?
Qual será o desfecho dessa confusão?
Será tudo real ou apenas ficção?
Tudo não passa de ilusão?

Contabilidade

Coração errante
Em busca de sossego
Aconchego
Se sente diferente
Carente

Palpita descompassado
Inebriado
É adrenalina?
Sente falta da endorfina
Falta esporte?
Ou sorte?

Coração zagueiro
Não dá chance aos atacantes
Nem aos aventureiros
Não se permite penetrar

Coração encouraçado
Assume responsabilidades
Pensa que é maturidade
Dá o que lhe falta
Já estamos no vermelho

Mendiga

Meu pai não é ruim,
Mas nunca foi bom pra mim
Minha mãe me ensinou a sorrir,
Mas não foi um exemplo a seguir
Meu avô foi o apoio,
Com nome e sobrenome
Minha avó a matriarca, que não é minha mãe.
Quem me criou?
De onde nasci?

Minha personalidade assusta
Não sou vilã
Nem mocinha
Apenas sobrevivi
Das sombras emergi.

Abandono, rejeição, vitimização
Tudo isso já vivi
Consegui ser assim

Capa protetora:
Arrogante, petulante,
Prepotente e confiante
Miolo:
Meigo, apaixonado
Fiel e amável

Como todos
Sou humana
Com dores e histórias;
Todos temos nossas memórias.
Com elas aprendi:
Mereço mais que uma esmola.

Amor de mãe

Amo-te.
Amor melado,açucarado, misturado;
Aquele de mãe.

Nem perfeita,
Tampouco imperfeita,
Aquela que não se define: Mãe!
Irritante, petulante, arrogante.
Professora, protetora, instrutora.
Motorista, malabarista, analista.

Amo-te.
Amor melado, adoçado, babado.
Amor que deixa o coração descompassado,
Olhos marejados,
Sorriso deslumbrado.

Esse amor que enche o peito
Os olhos, os ouvidos;
Os dias, as noites.
Esse amor que nem cabe em mim.
Amo-te sem comparação.

Tempo

Tanto te esperei,
Você chegou.
Como sempre soube;
Ao seu bel prazer.
Choros não te convencem,
Angústias não te abalam
Ansiedade não te apressa.

Esperei,
Você chegou,
Sempre do seu modo,
Trazendo surpresas;
Desamarrando correntes.

Esperei,
Você chegou.
Nem rápido, ou lento.
Nem quente, ou fresco.
Nem sol, ou chuva.
Você chega,
Segundo a segundo.
Minuto a minuto.
Horas formando um dia.
De dia em dia,
Aproveito cada momento.

Significando

Perdida em meus pensamentos,
Quantas lembranças a arquivar
Muitas atitudes a repensar
Decisões fervilham,
O coração depura.
Cada gota de raiva sendo removida,
Angústias tomam a forma de tolerância
Vingança aos poucos é transformada em generosidade;
Não há espaço para o rancor.
Os pensamentos fluem amenos,
Em fila indiana buscam seu espaço no disco rígido da
memória.
Comprometo-me com a felicidade,
Com a maturidade, a maternidade.
Aos poucos compreendo minha responsabilidade
Comigo, com ela, com isso.

O sentido da vida.
Aquele que inventei; pensando que conquistei.
Viver por estar vivo não é o sentido?
Para quê simplificar se posso complicar?
Crio razões, sinto emoções
E me encontro nas profundezas dos meus pensamentos
Organizados,
Enfileirados,
Datados,
Analisados,
Reeditados?
Penso, sinto, ajo.
Onde está o significado?

Partida

Mais uma vez você se foi
Se foi para sua vida,
Me deixando na minha.

Há 12 anos te sigo,
Te mimo,
Te ensino,
Aprendo.

O cordão umbilical cada vez mais fino,
Mais comprido.
Poucas trocas sanguíneas,
Muitas emocionais.

É difícil te ver crescer,
Amadurecer,
Partir.

Você toda indefesa,
Fruto de mim.
Terá mesmo que se afastar assim?

Confiança

Abri a você.
Aquela que sou aos poucos se mostra
Cansada da armadura pesada,
Elege-o como ouvinte
Fala sobre si como se não o fosse
Narra o que passou
Olhar distante;
Revive,
Repensa,
Elabora.
Tantos dias, uma fração de minuto
Depositados,
Acomodados.

Olhar vago,
Falante
Comunicação entre o dentro e o fora
Plurivalente,
Monossilábico.

Olhar pulsátil
Deixa a mostra o que sangra
Enxerga o que esconde
Cansa
A máscara cai
Ele aparece
Em pele e osso
Alma e corpo
Forte e frágil
Bonito e feio,
Simplesmente exótico.

Ouviste
Olhaste
Analisaste
Esta sou eu, que agora
Confia em ti

Hoje

Preferi sorrir,
Cansei de chorar;
De perfeição buscar.

Dou o que posso
Recebo o que tens,
Assim vivemos.

Sem traumas a superar,
Poucas tragédias para contar,
Alguma felicidade saborear.

Nem melhor, Nem menor
Tudo ao seu tempo
Sem sofrimento.

Planejamento

O mundo se abre em possibilidades
O que quero afinal?
Marido, filhos, doutorado ou apartamento?
Como quero viver?
Com luxo, conforto ou apenas com gosto?
Quanto dinheiro preciso guardar?
Quantas lojas preciso montar?
Quantos livros publicar?
A árdua tarefa de planejar.

DO AMOR

Pelos homens

Queria

Queria te esquecer
Mas, pra quê?
É muito bom pensar em você.
Saber que amei e fui amada.
Que consigo me perder

Queria te esquecer
Mas, pra quê?
Para perder a vontade de viver?
Para deixar de te querer?
Para não gostar mais de você?
Será que vale a pena te esquecer?
Sei que preciso aprender.
Ser adulta e madura pra você
Não ter ciúme e amargura
Esquecer
Os desvios e arestas que tivemos que Vencer

Queria te esquecer
Mas, pra quê?
Para encontrar outro alguém;
Outro que me faça rir
Que me ensine a viver?
Outro com tudo igual ao
Que gosto em você?
É possível acontecer?
Queria te esquecer
Mas era só para encontrar
Outro como você.
Se já tenho você
Não sei se vale a pena
Querer te esquecer.

Bandido

Meu coração dispara.
Será que quero mesmo ouvir sua voz?
Queria ter a certeza de ter esquecido a emoção que me
provoca.
Relembrei a explosão que me causa.
Há como esquecer um amor inventado?
Algo que apareceu apenas no meu coração?
Amor bandido?
Como posso bani-lo?
Tentei falar,
Você não respondeu.
Minha cabeça dispara,
No coração, aquela ferida se abre...
Quero esquecê-lo;
Quero não lembrar de nós.
Meu passado resolveu se resumir a você
A mulher que mora em mim chora sua perda.
A amazona encouraçada não quer admitir:
Amo um fantasma, que só existe em mim.
Cadê meu colírio alucinógeno...
É com ele que preciso viver.
Com quem falo sobre essa ferida que sangra?
É possível alguém me entender?
Como faço para me livrar de você?

Amor Cheiroso

Moreno cheiroso
Que me abraçou,
Aguçaste meu sentido mais nobre;
Assim me conquistou.
Por curto período de tempo
Que já passou.
É pena o cheiro não domar o coração.
Oh moreno cheiroso!
Fascinou meu olfato,
Mas assustou meu coração.
Esqueço-te,
Lembrando do cheiro gostoso
Do nosso amor.

Ainda Mesmo

Ainda penso em você
Ainda sonho com você
Ainda caminho com você
Nas lembranças e DVD's.
Ainda sinto seu cheiro
Ainda te sinto ao meu lado
Como sombra, como luz
Como alegria, como amor
São tantas tuas faces.
Não há como preferir apenas uma.
Ainda sou sua
Mesmo que distante
Mesmo que austera
Mesmo que alheia
Ainda te amo!
Mesmo depois de tudo.

Nosso Orgulho

Não sei por que insisto em você.
O que nos uni é nosso silêncio;
Nosso orgulho.

Tantos pequenos momentos felizes;
Destruídos, abafados, confusos na memória.
Consigo lembrar o sentimento,
O sorriso é verdadeiro,
Mas nosso orgulho.

        Que delícia!
As lembranças são vívidas,
E boas.

Não sei por que insisto em você.
A nuvem negra é a culpada?
Nosso orgulho.

Ninguém é tão bom e ruim,
Todos inodoros e insípidos;
Mas,
        Nosso orgulho.

Quando finalmente entenderei?
Foi sonho ou é pesadelo?
Pequenas perguntas
Silenciadas
Pelo nosso orgulho.

Esqueci

Esqueci tudo!
Todas as brigas,
As intrigas,
O choro,
A decepção,
As falas desencontradas,
As magoas,
As lágrimas.

Esqueci de todos;
Os defeitos,
Os malfeitos
Os vícios
As mentiras.

Esqueci.
As amantes
Os rompantes
Os desvios
Os e-mails

Esqueci.
Só lembro do que
Sinto por ti

Resposta

Espero uma resposta.
Minha ou sua?
Coloquei as cartas na mesa
Mostrei quem sou.
Atrevida,
Persuasiva,
Decidida.

Escolhi,
Exprimi.
A palavra é sua,
Espero a resposta.
Indiferença me machuca.
Saboreio meu próprio veneno.
Nem doce,
Nem amargo;
Demorado.

Mistérios do coração,
Devo perder a razão?
Natural!
Mais uma paixão a esquecer?
Meu álbum está completo?
Encontrei a figurinha que falta?
Confie, te escolhi!
Sua vez,
Sim ou não?
Não suporto esta escuridão.

Mentiroso

Quero que morras!
Em meus pensamentos te mato!
Morte violenta,
Com requintes de crueldade.
Primeiro cuspo em tua face;
Depois te apedrejo.
Com madeira te espanco.
Quero ver teu sangue.
Meu coração está em frangalhos.
É assim que te quero.
Morto, retalhado, esfarrapado, em pedaços.
Só assim; vendo tua agonia,
Terei amenizada minha dor.
A dor do amor;
O amor mentiroso que me prometeste.
Quero que morras.
Principalmente em meus pensamentos.

Direção

Eu com meus pensamentos.
O silêncio me acompanha.
Vejo uma lembrança sua;
Nossa.
Sinto a paixão passar,
A ferida parou de latejar.
A lembrança persiste;
As festas, pessoas, bebidas.
Não foi ontem.
Aquela roupa que ficou comigo;
Foi castigo?
Já não tem seu cheiro,
Mas refresca minha memória.
Não há mais sofrimento,
Os dias passaram, os meses chegaram;
Os anos findaram.
As análises terminaram.
O que passou, passou!
Bem ou mal,
Bom ou ruim,
Certo ou errado;
Terminado.
Agora é lembrança;
A dor também se foi.
Não há mais esperança;
Terminou.
Nada será como antes,
A lição ficou.
Há segurança nos passos,
Prudência no olhar
Aprendi enxergar as diferenças.
Conheci quem sou.
Mais uma passageira,

Decido em qual direção vou.

Despedida

Vou para longe,
Longe o bastante,
Suficiente;
Para que minha memória não te alcance,
Para que meus sonhos não te envolvam,
Para que meus olhos não te sintam.
Pousarei em novas freguesias.
Onde exista esperança no ar.
Onde tudo seja novo.
Novas faces,
Novos beijos,
Novas histórias,
Novos romances.
Para que tudo em mim adormeça,
Tudo que sinto por você.

Nova casa,
Nova cidade,
Nova balada
Novos amigos,
Sem o velho pensamento em você.
Quero outro para enamorar.
Novo amor,
Nova paixão,
Novos momentos para recordar.

Era eu

Pensei que te amava
Não era você
Amei um você inventado
Idealizado
Amei seu corpo
Num caráter sonhado
Amei seus beijos,
Num romance por mim criado
Amei
Conheci minha farsa
Aos poucos te descobri
Para onde foram suas qualidades
Que refletiam as minhas?
Era apenas um corpo?
Maquiado pelos meus sonhos?
Minhas expectativas
Minhas necessidades
Descobri você inventado
Em mim;
Continuo amando
As mesmas qualidades
As mesmas atitudes
A mesma "pessoa"
Em outro corpo
O meu

Um homem

Quero um homem que me ame
Apesar de tudo,
De todos.

Um homem
Que perceba minha grandeza,
Que compreenda minha fraqueza.

Um homem
Que discorde, sem perder a sutileza
Que concorde, sem perder sua nobreza.

Um homem
Que me ame com leveza
Que me trate com gentileza
Que veja minha beleza

Um homem
Sem nenhuma avareza
Que caminhe com firmeza
Que seja minha certeza.

Aquele beijo

Era mais feliz ao te conhecer;
Ou era atuação?
Menos madura,
Mais alegre,
Ou apenas uma criança cheia de ilusão?
Quais eram meus planos,
Minhas preocupações?
Era apenas uma menina,
Com algumas obrigações.
Agora sou mulher.
Sou feliz, apesar da falta de alegria.
Tenho horas a cumprir,
Metas a atingir.
 Menina já não anda solta.
O futuro não é distante.
Sinto falta do seu beijo relaxante.

Destino

Uma angústia me domina
Penso no beijo que ainda não aconteceu
Nas juras represadas na garganta
Nos carinhos meigos trocados
Nos olhares demorados

Parece que encontrei o felizardo
Ele pensa que é vítima
Como mostrar-lhe o caminho encantado
Enamorado
Do meu coração encouraçado?

Uma bela presa numa fera
Gélida e quente
Indiferente e sensível
Como chegar ao equilíbrio?

Minha angústia não é só minha
Quantas me copiam?
Quem nos ensinou a ser farsantes?
A colecionar amantes

Responsabilizo "o destino"
Não há como forçar a barra
O tempo fará sua vontade
E assim,
Nosso destino.

Coração partido

Não há nada na TV,
Ninguém na internet,
A vida lá fora;
Barulhenta.
Tudo simples, e complicado
Até bebi para tentar entender.
Tudo me lembra você.
Você ou eu?
Foram os anos mais felizes?
Não há como saber
Quero apenas viver,
Será que um dia saberei?
O que foi aquilo?
Amor, paixão, ou ilusão?
Ainda não entendi.
Já conheço esta solidão
Necessito tamanha resolução?
Porque não admitir,
Tentar corrigir,
Começar tudo novo de novo;
Mas, será que não é só mais um delírio
Desse coração partido?
O medo me assola,
A coragem me abandona,
A insegurança me invade.
Expor novamente?
Talvez não seja a hora,
Trabalho minha ansiedade,
Ouço minhas palavras
Afinal,
Ainda não é o fim.
Homem menino

Você me excita com o olhar,
Homem-menino a me encarar,
Forte, másculo, meigo e gentil.
É certo me apaixonar.
Discreto, cobiçado,
Em evidência,
Chegou a me notar,
Sua boca quero beijar,
Seu corpo explorar.
Pensemos no agora, o depois não vai me preocupar.
Já te comi com o olhar,
Quando vamos nos amar?
A física nos uniu, basta a química rolar.
Peguei para você me pegar,
Não sei se vamos casar,
Filhos não sei se vou dar,
Por enquanto só quero te usar,
Preciso do prazer que você pode me dar.

Feitiço

Estou enfeitiçada
Olhando para você, enxergo o nada
Vejo tudo como resposta
A vida escancarada
É amor?
Pode ser paixão
Dominou meu coração
Desde o primeiro dia,
O primeiro olhar
Senti o feitiço começar.
A hipnose me domar
Olhando tudo clareou
Você me interessou
Novo sonho começou

Escolhido

Sorriso no olhar
Sobrancelhas arqueadas
Estamos a nos encarar
É muito forte
Curiosidade?
Fatalidade?
Algo me diz que é você
Meu coração te escolheu
Nem sabia seu nome
Já te amava!
Há muito te esperava.

Confissão

Tentei esquecer
Fiquei com seu amigo para você saber
Precisava ouvir seu NÃO
Parecia ser um jeito fácil de abafar essa paixão
Engano meu!
Não adiantou.
Vasculho as lembranças, volta toda a emoção
Foi ontem? Sinto que o tempo não passou.
Vejo suas fotos nos meios de comunicação,
Leio seu nome em garrafas pelos bares da cidade
Tudo lembra seu sorriso;
Aquela noite, que nem foi boa, mas que é tudo que tenho.
Poderia realmente te eleger
Bastava você querer
Ter coragem e assumir que me convenceu
Não sei o que fez
Estava escrito? Foi destino?
Talvez
É difícil confessar
Comecei a te amar
Meus olhos falam para quem quiser ler
Apaixonada por você
Uma noite não é nada,
Quero ser sua amada

Parceiro

Sinto chegar,
Sorriso meigo no olhar.
Tímido e maroto,
Arrogante e sincero.
É o príncipe que espero.
Não é executivo,
É príncipe e guerreiro,
Nobre e aventureiro;
Sério e festeiro.
Este é meu parceiro.

Leoa

Magoada,
Queria te ver,
Esperei por você.
O prêmio da mega-sena acumulou
Você ganhou.
Aquele, tão cobiçado;
Abandonado!
Nem sei se verdadeiramente te quero,
Sinto o orgulho ferido,
O peito dolorido.
Guardo amor profundo, taciturno
Destinei a ti.
Nas triagens absurdas,
Na química do olhar,
Nem sei como explicar.
Sou demais ou de menos?
Pelo quê devo lamentar?
Assusto?
Sou leoa sem dono, preciso amar.
Vem me buscar!

Homem para amar

Tanto se fala pouco se diz.
Sei o que não quero,
Está na hora de clamar o que desejo.
Quero um homem, "de caráter".
Que zele pelo bem viver,
Alguém com quem compartilhar;
Minhas vitórias, as derrotas;
As análises, as piadas,
As risadas.

O homem que me compreenda,
Que me queira, hoje e amanhã.
Que me fale a verdade,
Que me veja como sou.
Uma mulher para um homem.

Quero passeios na praia,
Noites de luar,
Jantares em casa,
Sexo para relaxar.
Talvez um filho para celebrar.

Alguém que construa comigo,
Que me ajude a ladrilhar.
Nem preciso pedrinhas de brilhante para passar.
Só desejo
Um homem para amar.

O que quero com você?

Pode ser amor,
Curtição ou
Paixão;
Sexo com emoção.
Não quero um amor submisso.
Olho por olho,
Dente por dente.
Igualdade,
Talvez maternidade.
Sim, tenho dúvidas!
Quero um relacionamento harmonioso,
Amoroso,
Prazeroso.
Com gaiola aberta,
Sentimento verdadeiro.
Conversas, debates e conclusões.
Relacionamento sólido,
Enraizado,
Planejado;
Cuidado.
Com ou sem contrato social,
Quero um companheiro de viagem,
Um sócio para a vida.
Construir uma relação.
Amizade com intimidade.
Sem data de validade.

Paixão

Sem fôlego,
Coração aos saltos,
Sua presença é minha droga.
Demoro a recuperar a razão,
Só então te dirijo meu olhar;
Direto, direito.
Seus dentes embriagam-me
É impossível não te desejar.
Homem menino
Quando poderei me entregar?
Por quanto tempo reprimo a vontade de te beijar?
São tantos pensamentos,
Nem sei por onde começar.
Converso, disfarço,
Não sei como me comportar.
        Sinto que posso te amar.

AO SEXO

O Corpo

Eu não te amo;
Meu corpo te ama.
Amor sudorêico,
Inundado de ocitocina, endorfina, serotonina,
prostaglandina, dopamina.
Estrogenizado,
Androgenizado,
Agoniado; e
Amargurado.
Eu não te amo,
Meu corpo te ama.
Taquicárdico; dispnéico;
Ruborizado;
Vasodilatado;
Lubrificado.
Eu não te amo,
Meu corpo te ama.
Obnubilado, alucinado,
Extasiado.
Eu não te amo,
Meu corpo te ama.
Fala sem emitir som,
Implora sem curvar-me.
Eu não te amo,
É meu corpo que te quer!

Encontro

Penso em nosso encontro,
Sinto-me ouriçada,
Desejada.
Meu núcleo ferve.
Aguarda o enlace.
Nosso encaixe.
Imagino sua boca,
Na minha;
Nós dois, desejosos,
Aventureiros
Descobertos
Encoberta
Com seu corpo.
Sua voz sacana em meu ouvido
Seu hálito duro em meu pescoço
Suas mãos me desvendando
E eu; inundada! Apaixonada!
Atração à primeira vista,
Encontrados, separados,
Agora; encaixados
Naquela paixão frenética.
Olhos nos olhos
Pele com pele
Chave-fechadura
É o momento,
Agora
Muito já foi dito
A ação nos espera
A contagem regressiva se encerra.

Primeira vez

Lembro daquele dia,
Ou era noite!?
Quantos beijos ardentes,
estavam guardados,
represados,
Foram tão profundos que me molharam,
Nem precisei pedir, eu queria me despir.
A boca foi apenas o começo,
Logo descobriste o lóbulo da orelha,
Em seguida o pescoço, o colo e o seio.
Beijou, sugou, apertou...
Tanta voracidade,
Eu entregue, querendo que descobrisse mais.
Chegou ao monte de Vênus,
Um arrepio me percorreu a espinha;
Era língua ou respiração?
Tudo aquilo era tesão?
Dali em diante só ouvi meus gemidos.
Vez ou outra te olhava,
Aquele olhar suplicante, ao mesmo tempo excitante,
Dizendo entre linhas;
Agora só falta você,
Cadê a camisinha?
Nesse hiato me sinto vazia.
Te quero, te espero.
Enche-me de ti.
        Enquanto me beija, suado, pingando, abre espaço e
se enterra,
Um vai e volta, palavras desconexas; desnecessárias.
Tudo está em seu lugar,
O ar a todo vapor, nós, em chamas, me vira, me bate,
Aquele tapa sacana, sim,
Estou aqui, sou sua.

Tudo gira, nada faz sentido,
sinto tudo e desligo, aquele urro surdo,
Contrações reflexas, e você não pára.
Quer tirar tudo de mim, me beija, me cheira, me molha,
Te chamo ao paraíso;
Você vem.
Desfalecidos nos separamos.
Será que teremos uma segunda vez?

Você e eu

Estou insone, mas esparramada na cama;
Você percebe vem me atiçar;
Com seu jeito maroto afasta minha calcinha e inicia um
saborear,
Com a língua terna explora minha intimidade até me
molhar.
É inevitável a lubrificação, você explora os orifícios da
excitação.
Não contenho os gemidos de aprovação.
A calcinha tornou-se desnecessária, ajudo a tirá-la do seu
ângulo de ação.
A análise gustativa me envolve em arrepios e contrações;
Mudo de posição, afasto as pernas e me ofereço em
doação;
Estou implorando a penetração.
Você decide; ainda quer mais gustação,
Explora cada centímetro maior e menor,
Suga a seiva da excitação e se excita com minha
combustão.
Quero sentir sua fibra, me entregar à penetração,
Você se comove com meus apelos, introduz
delicadamente em meu vão;
Deliciamo-nos com a sensação, começamos
despretensiosos, um vai e vem demorado que se torna
alvoroçado.
Você pára evitando a ejaculação, queremos aproveitar o
máximo da excitação.
Saímos do missionário ao cachorrinho, nele não contemos
a sofreguidão,
Entregamo-nos ao vai e vem frenético da nossa paixão;
Chegamos ao produto da estimulação, os pêlos ouriçados,
os músculos retesados e a inundação.
Não nos separamos, não antes de pararem as contrações,

A união física e química, pele e pele, respiração acelerada
que aos poucos recupera a razão.
Separamo-nos, mas para logo recomeçarmos nova
exploração.

Minha mão

    Pensando em você me descubro
Mãos suaves, minhas, ou suas?
A intimidade descoberta,
Eu; com você no pensamento.
A mão desce, encontra minha alma materializada,
Sensível inicia a débil massagem.
O caminho ao prazer está em meus movimentos,
O corpo responde a minha fricção, e à lembrança de suas
mãos.
Tantos orifícios quanto dedos,
Tudo a minha disposição.
Sua falta é apenas corporal, te sinto ao me acariciar.
Minha mão e dedos percorrem meu corpo a seu bel
prazer.
Você, o maestro de minha orquestra.
Lembro de sua boca me percorrendo,
Quase não percebo a diferença.
Meu cérebro embriaga-se com tantas sensações.
Sigo seu comando,
Penetro-me, quentinho, aconchegante,
Parece que te sinto como antes
Uso todo o estímulo disponível;
O calor percorre meu corpo,
Não há mais como parar,
Não sei se é você ou eu,
Sinto o gozo chegar.
Aquele tremor percorre meu corpo,
Contrações involuntárias,
A sensação de bem estar.
Relaxo.
Percebo que sua mão na verdade é a minha,
Novamente estou sozinha.
Por hoje terminamos,

Durmo sem teu abraço
Sabendo que é temporário.

75

Minha vez

Sinto sua mão em meu corpo,
Nos ombros o deslizar dos dedos,
No quadril, o calor da palma me arrepia.
Seu carinho encontra minhas nádegas, a mostra fora dos
lençóis;
Meu corpo desperta à sua presença,
Palavras são desnecessárias,
Os olhares se encontram,
Acabou a timidez
Nos desejamos a muitos carnavais.
Sua mão percorre minhas coxas, entram no côncavo da
virilha,
A faixa de Gaza se oferece.
Lábios maiores se afastam como num toque de recolher,
Os menores incham, preparando-se para intumescer.
A sudação a começar, e você a se excitar
Beija meus lábios meigamente, deliciando-se com meu
olhar
A língua percorre minha boca, a me procurar
Sensações de êxtase me percorrem
Como é bom amar!
Deixo-me ser beijada e continuo a transbordar.
Desta vez também quero te sugar
Saio da estaticicidade e começo explorar
Beijo seus ombros robustos, de pele macia,
Só estou por começar.
Seu peito também me apetece, deixo a língua passear
Abdome trincado, quase a chegar
Sinto você todo duro, deixa eu te amar?
Minha boca te possui,
Chegou sua vez de gozar.
Tanta coisa a fazer, mas só consigo de sorver,
Tudo tão saboroso,

Sou eu a te comer.
Movimentos astutos, olhos nos olhos pra te convencer,
Me torço inteira, me ofereço ao seu prazer
Vamos brincando, pra você vale tudo, boca, língua; dedos
a me percorrer.
Nosso amor inocente deixa o clima muito quente,
Suor aflora aos poros, pêlos ouriçados, músculos
estimulados,
Só nos resta o prazer.
Fluidos trocados;
Agora é a minha vez.

Figurinha

Seu cheiro me embriaga
Horas após nosso encontro,
Banhos após nosso enlace
Está vivo, relembrando meus sentidos.

Poucas palavras,
Alguns beijos e abraços,
Mãos escorregadias, e
Estávamos sós.

Num ambiente moderno,
Nada romântico,
Em meio à excitação primitiva
Éramos eu e você
Estranhos, mas íntimos
Imbuídos do mesmo objetivo:
O prazer carnal

Naquela ópera sexual
Você era o maestro
Eu apenas acompanhava
Foram tantas posições...
Tudo coordenado
Línguas que combinaram
Pele que se esfregava
Gemidos e ofegantes adjetivos
Tudo para minha caixinha
Da memória
 Você,
Apenas um menino;
Eu,
Predadora
Ambos com poucas palavras

Sem telefones
A única expectativa:
Aplacar o desejo
Gerar felicidade,
Mesmo que momentânea

Sentimo-nos,
Sem máscaras,
Sem promessas,
Sem sobrenomes,
Nós, apenas um eu e você.

Inebriante lembrança
Estonteante momento,
Valioso pela natureza
Rico pela energia;
Colo aqui mais esta
Figurinha.

Chamado

Meu corpo respira
Transpira
Lembra-me da necessidade
A quem recorrer?
Há três possibilidades,
Nenhuma é você

Minha vagina clama,
Inflama;
Molhada,
Vasodilatada
Te chama

Então é isso

Queria novamente te beijar
Não posso...
Abraçar e cheirar seu pescoço,
Não posso...
Tirar suas roupas e admirar seu corpo,
Não posso!
Acariciá-lo e te ver enrijecer,
Não posso!?
Sentir seu corpo sobre o meu, sua boca na minha, sua mão
passear...
Não posso.
Conversar e recomeçar;
Lamber, chupar, gemer, gozar.
Não! Não posso.
Eu e você, feitos um para o outro,
Sexualmente, intelectualmente, financeiramente
Compatíveis!
Não posso!
Ser feliz para quê se posso sofrer?
Apareci sem planejar; amei sem programar.
Não, não posso.
Um encontro não é nada,
Este sentimento bobo é dispensável!?
Especial? Não, não posso ser especial;
Serei apenas eu,
Especialista em não amar; esquecer;
Sublimar!
Não, não posso!
Não quero esperar você me querer.
Então é isso....